GUÍA DE LECTURA

Escrita por Tram-Bach Graulich
Traducida por Laura Soler Pinson

El mapa y el territorio

de Michel Houellebecq

Entiende fácilmente la literatura con

ResumenExpress.com

www.resumenexpress.com

MICHEL HOUELLEBECQ

NOVELISTA, POETA, ENSAYISTA Y DIRECTOR FRANCÉS

- **Nacido en 1956 en La Reunión**
- **Algunas de sus obras:**
  - *El sentido del combate* (1996), recopilación de poemas
  - *Plataforma* (2001), novela
  - *El mapa y el territorio* (2010), novela

Michel Houellebecq (su verdadero nombre es Michel Thomas) nace en la isla de La Reunión en 1958. Tras haber completado estudios de agronomía, ingresa en una escuela de cinematografía que abandona antes de obtener el título. Su carrera literaria debuta realmente en 1991, año en el que publica un estudio sobre H. P. Lovecraft (escritor estadounidense, 1890-1937) y en el que experimenta con la poesía. Sin embargo, es su primera novela, *Ampliación del campo de batalla* (1994), la que lo da a conocer al público. En esta obra, siniestra, Houellebecq nos presenta una estampa mordaz de la sociedad capitalista en Occidente, un tema que estará omnipresente en su obra. Sus siguientes novelas, como *Las partículas elementales* (1998) y *Plataforma* (2001) lo sitúan definitivamente en un lugar destacado de la escena literaria internacional. Su novela *El mapa y el territorio* obtiene el Premio Goncourt en 2010.

EL MAPA Y EL TERRITORIO

LOS SÍNTOMAS DE UNA SOCIEDAD CORROÍDA POR EL MALESTAR

- **Género:** novela
- **Edición de referencia:** Houellebecq, Michel. 2011. *El mapa y el territorio*. Traducido por Jaime Zulaika. Barcelona: Anagrama. E-book en epub
- **Primera edición:** 2010
- **Temáticas:** arte, sociedad de consumo, desilusión, éxito, muerte, desgracia

El mapa y el territorio (2010) cuenta la historia de Jed Martin, pintor y fotógrafo, y su ascenso progresivo en el mercado del arte. Es hijo de un padre depresivo que desea que le apliquen la eutanasia y con el que mantiene una relación complicada. Por su notoriedad, Jed debe reunirse con una multitud de personajes, en particular, con Michel Houellebecq, que se introduce así en su propia novela. En este libro, encontramos los temas preferidos del autor: la sociedad de consumo dominada por el dinero, la miseria sexual del hombre occidental, y la desilusión y la fragilidad de las relaciones sociales.

RESUMEN

LA SERIE DE LOS OFICIOS

El artista Jed Martin, que procede de una familia acomodada, empieza a pintar cuando todavía es un niño. Su padre, Jean-Pierre Martin, es un antiguo arquitecto y su madre se suicida cuando Jed todavía no ha cumplido los siete años. Tras «los años tristes, dedicados al estudio, de su adolescencia» (Houellebecq 2011, 31) en un internado jesuita, ingresa en la escuela de bellas artes, donde se dedica a la fotografía de objetos. Más tarde, cuando su carrera se desarrolla de manera favorable, deja la fotografía y entra en un período de depresión. Su única distracción es el programa de televisión *Questions pour un champion*. Después, tras la muerte de su abuela, pasa por casualidad por delante de una tienda de mapas Michelin, y tiene una revelación: empieza a fotografiarlos y termina por exponerlos. Entonces conoce a Olga Sheremoyova, del departamento de comunicación de Michelin, con la que entabla una relación amorosa. Esta catapulta la carrera de Jed. Con el apoyo económico de la empresa de neumáticos y con la ayuda de una agregada de prensa muy eficaz, Marylin Prigent, Jed logra rápidamente hacerse un hueco en el mercado del arte. En su página web, cada fotografía se vende a 2000 euros. Al final, tras separarse de Olga, quien recibe un ascenso y se va de Francia a Rusia, Jed pone fin a su trabajo con Michelin y entra en un nuevo periodo de crisis. Vuelve a la pintura y empieza un proyecto de varios cuadros titulado por los historiadores del arte *La serie de los oficios*. Se trata de un conjunto de obras que representan diversas profesiones y que terminan con el cuadro *Damien Hirst y Jeff Koons repartiéndose el mercado del arte.* Este lienzo le lleva mucho tiempo, y no logra terminarlo. Le parece que el cuadro es «una auténtica mierda» (Houellebecq 2011, 18), así que lo destruye salvajemente.

Franz Teller, propietario de una galería, lo invita a exponer sus telas, así que Jed Martin decide contactar al escritor Michel Houellebecq para que redacte el catálogo de su futura exposición. Tras haber contactado al escritor Frédéric Beigbeder, Jed decide ir en persona a la casa de Houellebecq, en Irlanda. Este último, que resulta ser un misántropo amargo y cínico, lleva una existencia solitaria. Para pagarle por la redacción del catálogo, Jed le propone un importe de 10 000 euros o un cuadro suyo. Houellebecq, apático, dice que prefiere la segunda opción. El cuadro se llamará *Michel Houellebecq, escritor* y su valor estará estimado en 700 000 euros. Finalmente se inaugura la exposición de *La serie de los oficios* y cosecha un gran éxito. A partir de ese momento, los hombres más ricos del mundo requieren los servicios de Jed para que les haga su retrato, a un millón de euros el encargo.

EL ASESINATO DE MICHEL HOUELLEBECQ

Un día, en una velada distinguida en casa del presentador de televisión Jean-Pierre Pernaud, Jed se encuentra con Olga, a quien no ha visto en diez años. Pero su encuentro solo deja en evidencia su vejez y, tras una noche casta, Jed decide dejar a Olga. Entonces, va a ver a Michel Houellebecq, a quien le regala su cuadro.

Poco tiempo después, encuentran al autor decapitado en su casa y su cuerpo, con el que se forma un extraño motivo, está completamente despedazado. El inspector Jasselin se encarga de la investigación y la policía científica concluye rápidamente que el asesino ha utilizado un cortador láser después de haber matado al escritor de un disparo. Tras examinar el ordenador de Houellebecq, parece que este no tenía ya vida privada. Así las cosas, Jasselin y sus colegas no tienen sospechoso. Sin embargo, la policía acaba por caer sobre Jed Martin que, en ese mismo momento, tiene problemas con su ya anciano padre: Jean-Pierre Martin no deja de repetir que está cansado de vivir, y tiene la firme intención de pedir que le apliquen la eutanasia.

Un día, Jasselin va a casa de Jed Martin y le presenta las fotografías del cuerpo destrozado en las que el artista ve en un primer momento un cuadro de Pollock (pintor estadounidense, 1912-1956). A continuación lo llevan al lugar del crimen y se da cuenta de que el cuadro que le regaló a Houellebecq ha desaparecido. Así, la policía resuelve que se trata de un simple robo de una obra de arte, y cierra el caso. Sin embargo, tres años más tarde, en el marco de un oscuro caso de tráfico de insectos, se descubre en casa de un cirujano el retrato de Houellebecq. Se le entrega a Jed el cuadro, valorado en ese momento en unos 12 millones de euros.

Un poco más tarde, cuando ya se acerca la Navidad, Jed se entera de que su padre se ha ido a un hospital de Zúrich para acabar con su vida.

Jed está totalmente ocioso y decide retirarse un tiempo a vivir en la antigua casa de sus abuelos, donde encuentra sus dibujos de infancia. A continuación, se resuelve a acabar su vida en un pequeño pueblo aislado donde, durante los treinta últimos años de su existencia, presa de una melancolía siniestra, filma fotografías de personas que ha conocido (Olga, su padre, etc.), que se deterioran de manera natural al aire libre.

ESTUDIO DE LOS PERSONAJES

JED MARTIN

Jed Martin es el personaje principal. Tiene un temperamento muy melancólico y su vida está salpicada de periodos de depresión (por ejemplo, tras sus estudios de fotografía). Se convierte en un artista reconocido gracias a su encuentro con Olga Sheremoyova, que lo introduce en Michelin, y se transforma entonces en una especie de «objeto de mercado»: sus obras de arte se valoran, y el precio fluctúa constantemente dependiendo de las leyes de la oferta y la demanda. Impulsado por la potencia empresarial de Michelin y por una agregada de prensa eficaz, Marylin Prigent, Jed Martin llega a alcanzar el éxito a nivel mundial. Sin embargo, la fama no le trae la felicidad, ni se lleva su carácter melancólico. Su vida está marcada, sobre todo, por una gran soledad, que parecen sufrir todos los protagonistas de Houellebecq, y que es la del hombre occidental moderno, condenado a no ser más que una pieza del engranaje de la sociedad capitalista ciega. Jed Martin entra dentro de esta descripción: a pesar de su éxito profesional, siempre tiene que enfrentarse a problemas fundamentales como el amor (y después, la pérdida) de una mujer (Olga) y las relaciones conflictivas con la figura del padre (Jean-Pierre Martin).

JEAN-PIERRE MARTIN

Es el padre de Jed Martin. Es un personaje decrépito y extremadamente deprimente. Tras haber llevado a cabo una brillante carrera profesional como arquitecto, está envejeciendo y vive en una soledad extrema cuando Jed Martin está en la cumbre de su arte. Repite constantemente su hastío de vivir y solo desea una cosa: que le apliquen la eutanasia, y esto lo logra al final de la novela. Existe una especie de fisura entre el padre y el hijo. De hecho, los dos personajes son incapaces de comunicarse entre sí, sobre todo porque se cierne sobre su relación el fantasma de la madre de Jed, que se ha suicidado, lo que da un carácter morboso a la situación. Este tipo de personaje es frecuente en las novelas de Houellebecq. Representa al viejo impotente («con un ano artificial», Houellebecq 2011, 139) y amargado hasta la médula.

OLGA SHEREMOYOVA

Olga es la amante de Jed Martin y trabaja en el departamento de comunicación de la empresa Michelin. Con un físico explosivo, responde casi a un estereotipo, como nos muestra su descripción cuando aparece por primera vez en la novela: «Con su tez muy pálida, casi traslúcida, su pelo de un rubio platino y sus pómulos prominentes, encarnaba perfectamente la imagen de la belleza eslava» (Houellebecq 2011, 41). Está enamorada de Jed Martin, pero se ve obligada a dejarlo tras un ascenso que la lleva a Rusia. Jed no se atreve a retenerla. Cuando los dos amantes se encuentran diez años más tarde, se dan cuenta de que su vida de pareja podría haber acabado de otra manera (boda, niños, etc.), pero ya es demasiado tarde. A esto le sigue un enorme sentimiento de arrepentimiento. En las novelas de Houellebecq, jamás hay un amor feliz y, al final, Olga se convierte en un fracaso en la vida de Jed, que es demasiado cobarde como para comprometerse. Este arrepentimiento lo persigue hasta su muerte.

MARYLIN PRIGENT

Marylin es agregada de prensa, y contribuye en gran manera al ascenso fulgurante de Jed Martin en el mundo del arte y a su éxito. Físicamente, es opuesta a Olga: se la describe como «una cosita achacosa, flaca y casi cheposa» (Houellebecq 2011, 51). Sin embargo, años después, cuando Jed está preparando su exposición de cuadros *La serie de los oficios*, ella ha cambiado radicalmente y confiesa sin reparos que lleva una vida sexual desenfrenada.

MICHEL HOUELLEBECQ

La figura de Michel Houellebecq resulta ser el sumun de la misantropía. Vive recluido en Irlanda, y su única compañía es su perro, a quien irónicamente ha llamado Platón. Alimenta un profundo desprecio hacia el mundo y hacia la humanidad en general. Tras su asesinato, la policía investiga su vida personal y descubre que esta era casi inexistente (no tiene amigos ni relaciones, etc.). Su cabeza decapitada y su cuerpo desmembrado, repartido por todo el salón, sugieren una pintura abstracta de Pollock y recuerdan al principio de «*performance*» y «*body art*» (Houellebecq 2011, 241). Se trata de fenómenos artísticos típicos del arte contemporáneo, en los que el cuerpo del artista se convierte en obra de arte (ejemplos: motivos dibujados con un cuchillo en el vientre, cuerpo cubierto de miel y de moscas, artista encerrado en una burbuja expuesta en la calle, etc.). En cierta manera,

Houellebecq se mofa de estas prácticas extremas en el ámbito del arte contemporáneo cuando, con ironía, escenifica su propia muerte como si fuera una *performance* artística.

CLAVES DE LECTURA

EL MERCADO DEL ARTE CONTEMPORÁNEO

El mapa y el territorio tiene una buena acogida por parte de la crítica por su descripción feroz del mercado del arte contemporáneo. Efectivamente, el mundo del arte solo se razona en la novela en términos de mercado, y la obra de arte está considerada como un producto social y económico.

Así, la carrera de Jed despega realmente cuando empieza a fotografiar los mapas Michelin, y esto resulta irónico, dado que el tema no parece revestir interés artístico. No obstante, estas fotografías le garantizan el mecenazgo de una empresa potente que lo impone en el mundo del arte. En este punto, sacamos a colación la definición del valor de una obra de arte tal y como fue desarrollada por el sociólogo francés Pierre Bourdieu (1930-2002). En resumen, simplificando la idea, una obra de arte adquiere valor cuando un conjunto de individuos (que tienen una influencia más o menos grande en el ámbito cultural) considera que la obra en cuestión tiene valor.

Llegamos así a una paradoja: una obra de arte tiene valor cuando alguna gente proclama que esa obra tiene valor, lo cual es una especie de tautología y puede parecer absurdo. Y sin embargo, es así como funciona el mundo del arte. El éxito de Jed está orquestado por la empresa Michelin (que, de esta manera, alimenta sus propios intereses económicos) y por una agregada de prensa brillante que lo da a conocer a los periódicos. El papel de los periódicos y de los críticos es el de «producir un discurso teórico cualquiera» (Houellebecq 2011, 104) para legitimar la obra de Jed situándola en un contexto, en una corriente artística y, en definitiva, en la historia del arte. En *El mapa y el territorio*, se trata solo de estrategias económicas y de tácticas periodísticas para hacer que la carrera artística de Jed dé sus frutos.

LOS SÍNTOMAS DE UNA SOCIEDAD MORIBUNDA

Ya desde sus primeras novelas, a Houellebecq le gusta describir una sociedad moribunda, corroída por el malestar y la depresión. Este hecho consumado derivaría de varios factores:

- la sociedad contemporánea es una sociedad capitalista gobernada por el dinero (véase la descripción del mercado del arte), en la que el afán de lucro mata las relaciones sociales (Olga abandona a Jed tras un ascenso que la lleva a Rusia; asesinan a Houellebecq para robarle su retrato valorado en 700 000 euros, etc.);
- nuestra sociedad occidental está secularizada, es decir, excluye a Dios (y a toda divinidad) de su sistema de pensamiento, y esto causa desesperanza. No obstante, Houellebecq parece albergar únicamente desprecio por la institución religiosa;
- un punto crucial en la obra de Houellebecq es que la sexualidad moribunda o tóxica de los personajes constituye el símbolo supremo de una sociedad en peligro. Cuando Jed y Olga vuelven a encontrarse diez años después, ya son incapaces de hacer el amor. Houellebecq frecuenta

prostíbulos en Tailandia, el inspector Jasselin es impotente, etc.;

- el sexo, que pertenece a la esfera más íntima de los individuos, está exánime o desviado, y además, provoca melancolía o tristeza en los personajes. Así, al final de su vida, Jed rememora su vida sexual pasada (Retornaron otros recuerdos de pechos flexibles, de lenguas ágiles, de vaginas estrechas», Houellebecq 2011, 294), y esto le causa una melancolía atroz. A escala del individuo-sujeto, el sexo se convierte en el símbolo de una sociedad en peligro en su conjunto.

LA IRONÍA, MARCA DE LA CASA DE HOUELLEBECQ

El estilo de Houellebecq se caracteriza por una gran ironía que, a veces, tiende al humor negro. A continuación detallamos algunos rasgos que encontramos en *El mapa y el territorio*:

- Houellebecq utiliza frecuentemente (incluso demasiado) citas estereotipadas escritas en cursiva: «Durante esos diez años, había *producido una obra*» (Houellebecq 2011, 161); «Habían sido felices juntos; todavía lo seguían siendo y lo serían aún probablemente *hasta que la muerte les separase*» (Houellebecq 2011, 203); «Se podía decir que todavía tenían *algunos años hermosos* por delante» (Houellebecq 2011, 226). El uso de la cursiva en ciertas expresiones puede parecer anodino; en realidad, esta técnica introduce una distancia irónica entre las fórmulas utilizadas y la posición del autor, que parece burlarse así de estas;

- son numerosos los pasajes en *El mapa y el territorio* que se presentan como largas descripciones enciclopédicas. Incluso algunas descripciones se han tomado tal cual de Wikipedia; esta técnica acerca Houellebecq a la figura de Lautréamont (escritor francés, 1846-1870), que usaba este mismo método en *Los* cantos *de Maldoror* (1869). Por ejemplo, Houellebecq escribe lo siguiente: «El Mercedes Berlina Clase C, el berlina Clase E son más paradigmáticos. En general, el Mercedes es el coche de los que no se interesan mucho por los coches, que anteponen la seguridad y el confort a las *sensaciones de la conducción*» (Houellebecq 2011, 243); «Una oligospermia puede tener orígenes diversos: varicocele testicular, atrofia testicular, déficit hormonal, infección crónica de la próstata, gripe, otras causas» (Houellebecq 2011, 201). Este procedimiento puede ser considerado irónico en tanto en cuanto desacredita (con burla) la propia práctica del escritor, quien se supone que debe inventar su historia de principio a fin, no sacarla de documentos enciclopédicos;
- Houellebecq introduce a algunas personalidades francesas contemporáneas como personajes de *El mapa y el territorio*, y a veces se las describe o dibuja haciendo uso de mucho humor y poniendo distancia. Así, entre otros, nos encontramos a Julien Lepers (presentador de televisión francés), a Jean-Pierre Pernaut (también presentador de televisión francés) a Frédéric Beigbeder (escritor francés), al propio Michel Houellebecq e incluso a Claire Chazal (periodista francesa). Houellebecq juega así a describirse como si fuera un patán alcohólico y un depresivo acabado, algo que se aleja bastante de la reali-

dad, puesto que estos rasgos son propios de la figura del escritor, de la imagen que se ha creado, sobre todo, con fines de marketing.

EL CONTEXTO DE LA ACOGIDA DE LA OBRA

En 2010, Houellebecq recibe el premio Goncourt por *El mapa y el territorio* en un contexto literario bastante significativo de la situación de la literatura actual. En un momento en el que el número de libros publicado cada año es descomunal, un premio literario permite que una obra en particular se desmarque de las otras, y que se impulsen las ventas de su editor. Así, un libro que ha obtenido una buena valoración en un concurso prestigioso puede generar hasta un tercio de los ingresos totales de un editor, de ahí que exista una competición frenética entre las diferentes editoriales. El mundo de la literatura, al igual que el mundo del arte contemporáneo, es un mercado.

De esta manera, muchos críticos han acusado a Houellebecq de haber escrito *El mapa y el territorio* solo para obtener el premio Goncourt, de acuerdo con su editorial, Flammarion. Así lo indican numerosos ejemplos:

- los «guiños» (o *name dropping*), es decir, la aparición en la novela de personajes célebres franceses;
- la presencia de una intriga policíaca, cuando la novela policíaca es un género que está de moda;
- y, sobre todo, el hecho de que Houellebecq haya bajado la intensidad de su discurso crítico con respecto a sus novelas anteriores para que el jurado lo considere aceptable

(por ejemplo, no hay escenas sexuales lúgubres, como vemos en *La posibilidad de una isla*).

Además, Houellebecq publica sus libros en Flammarion, que lleva cuatro años sin recibir el Premio Goncourt; cabe destacar que el jurado puede ser acusado rápidamente de favoritismo hacia una editorial en particular si sigue beneficiando a sus escritores con respecto a otros. Sobre todo porque, en este caso, Houellebecq ya ha sido nominado tres veces para el Goncourt, pero nunca ha sido el ganador. Son muchos los factores, pues, que no tienen nada que ver con la literatura como tal, y que ayudan a que la novela obtenga el premio y que, por ende, alcance el éxito.

PISTAS PARA LA REFLEXIÓN

ALGUNAS PREGUNTAS PARA PROFUNDIZAR EN SU REFLEXIÓN...

- Describa en algunas etapas el recorrido profesional de Jed Martin. ¿A qué debe su éxito (relaciones, talento, suerte, etc.)?
- ¿Qué elementos de la vida de Michel Houellebecq inspiran la vida de Jed Martin, tal y como se la describe en *El mapa y el territorio*?
- ¿Qué es el «body art»? ¿Qué opina de esta forma de arte? ¿Considera que se trata de arte de verdad? Arguméntelo.
- ¿Por qué podemos decir que el mundo del arte es un mercado?
- Desarrolle el tema de la miseria sexual en la novela. ¿Qué vínculo establece con la sociedad capitalista occidental que critica Houellebecq?
- ¿Cómo podemos describir la técnica estilística del *collage* en Houellebecq? ¿Qué autor del siglo XIX ya practicaba esta técnica?
- ¿Por qué podemos decir que el estilo de Houellebecq se basa en la ironía y en el humor negro?
- En su opinión, ¿por qué Michel Houellebecq es uno de los escritores franceses contemporáneos más destacados de nuestra época?
- ¿Qué piensa del hecho de que Michel Houellebecq se represente en su libro, y de la imagen que da de sí mismo? En su opinión, ¿qué objetivo persigue?

PARA IR MÁS ALLÁ

EDICIÓN DE REFERENCIA

- Houellebecq, Michel. 2011. *El mapa y el territorio*. Traducido por Jaime Zulaika. Barcelona: Anagrama. E-book en epub.

www.resumenexpress.com

ISBN ebook: 9782806274267

ISBN papel: 9782806283221

Depósito legal: D/2016/12603/310

Cubierta: © Primento

Libro realizado por <u>Primento</u>, *el socio digital de los editores*